KB154326

딱 하나만 선택하라면, 책

책덕후가 책을 사랑하는 법

딱 하나만 선택하라면, 책

Book Love

INFJ 데비 텅 카툰 에세이

데비 텅 지음 ｜ 최세희 옮김

윌북

책 읽는 기쁨을 가르쳐준 부모님께 감사드립니다.

그리고 나의 꼬마 슈퍼스타, 알윈과 에번,
너희 삶이 책의 빛으로 가득하기를...

책은 우리를

마법의 세계로 초대한다.

주문한 새 책이 막 도착했네!

아직 할 일이 많으니까
우선 여기다 둬야지.

첫 페이지만 읽는다고
큰일 나겠어?

하루 종일 집에 있네?

밖에 나가지 않을래?

그래!

나는 늘 책을 들고 다녀.

어디를 가든.

책은 언제든 함께할 수 있는
친구 같아.

책과 함께라면 혼자가 아니야.

홀딱 젖었네.
뭐 걸칠 거라도 들고 나오지 그랬어?

들고 나왔지.

이래야 책이 안 젖을 테니까.

서점

저기 봐!
서점이야!

책 사줄까?

그말,
감당할 수 있겠어?

서점에서

아무도 없다.
확인 완료!

킁킁킁킁

아아아아...
새 책 냄새 최고야!

새 책을 사는 과정

먼저 손가락으로 책등을 주르륵 훑어.

그러다 특정한 제목이나 표지가 눈에 띄면...

그 책을 뽑아 들고선 뒤표지를 읽는 거야. 두 손을 지그시 누르는 책의 무게가 느껴져.

책에 코를 대고 냄새를 맡아봐.

그리고 그 책과 함께할 모험을 상상해.

계산해주세요.

내가 책을 평가하는 기준

표지 디자인

가격

크기

그리고 또 다른 기준

스토리

인물들

나만의 감상

나는 책을 읽을 때

과거를 여행하고

미래를 탐험하며

세상을 다른 각도에서
바라봐.

이건 나를 발견하는 여정의 시작이야.

안녕하세요.
이 시리즈의 두 번째 책을 사러 왔어요.

이런, 방금 다 팔렸어요.

새로 주문하면
5일 정도 걸릴 거예요.

5일이요?
그렇게 오래 기다려야 한다고요?

오늘 첫 번째 권을 다 읽었는데
다음에 어떻게 될지 궁금해
죽겠다고요!

음... 그렇다면 빠른우편으로 주문해볼게요.

네, 그렇게 해주세요!
비용은 제가 다 부담할게요!

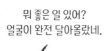

뭐 좋은 일 있어?
얼굴이 완전 달아올랐네.

기분 진짜 최고야!!

주문한 책들이 왔구나,
맞지?

음... 지금 네 권의 책 냄새를
한 방에 맡은 거야?

책 읽기 좋은 곳

아늑한 침대

욕조

공원

해변

대중교통

북 카페

책이 가득한 곳에 가면

등골을 타고 짜릿한 전류가 흘러.

황홀해서 머리가 핑핑 돌아.

무한한 가능성을
상상하는 것만으로도 최고야.

안 쓰는 물건을 정리해서
내놓는 중이야.

안 입는 옷들이랑

낡아서 이젠 안 신는 신발들.

저 책들은?
이미 다 읽었잖아!

안 돼! 내 책은 절대 안 돼!
건드리지 마!

책   차

= 완벽한 주말

내가 책을 읽는 이유

새로운 것을 배울 수 있으니까.

아이디어와 영감을 주니까.

즐겁고 행복하니까.

그리고 무엇보다도,
현실에서 도망칠 수 있으니까.

책이 나에게 가르쳐준 것

공감할 수 있을 것.

감사할 줄 알 것.

열린 마음을 가질 것.

나의 열정을 따를 것.

찰칵

SNS에 책 사진을
그렇게 올리고도
아직 더 올릴 게 남았어?

응!

옆으로 좀 비켜봐.
네가 불빛을 가리고 있잖아!

책덕후의 필수품

안락한
독서 의자

어떤 책이든 넣을 수 있는
큰 가방

장시간 독서용
간식거리

몸을 둘둘 감쌀
따뜻한 담요

그리고, 많으면 많을수록 좋은 책!

어이! 여기야!

책에 얼굴을 파묻고 다니면
앞은 보이는 거야?

맨날 이러고 다녀서
괜찮아.

내가 책 구경하는 곳

도서관

온라인 서점

동네 서점

친구의 책장

와... 이 책장 누구 거야?

제시, 내 룸메이트.

아 참, 이따 우리 영화 볼 때 제시도 오고 싶대.

그래도 되지? 좋은 애야.

어, 나랑 완전 잘 맞을 것 같은데?

또 시작이야?
책 읽는 사람 적당히 좀 훔쳐봐.

헉!
저 꼬마, 내가 어렸을 때
제일 좋아한 책을
읽고 있어!

나와 같은 책을 읽고 있는 사람을
우연히 마주치면

새로운 소울메이트가 생긴 것만 같아!

| 사람들이 나에게 무언가를 물어볼 때 |

| 사람들이 나에게 책에 관해 물어볼 때 |

책덕후가 행복할 때

카페에서 제일 좋은 자리에
앉게 될 때

책 할인 이벤트를
발견할 때

도서관에서
한꺼번에 많은 책을 빌릴 때

책을 다 읽고
감상을 나눌 때

서점 특유의
중독성 강한 향기를 맡을 때

그린 씨,
백퍼센트 동의해요.

트윗

SNS에서 좋아하는 작가를
'팔로우'한 후 친한 친구처럼
자연스럽게 말을 걸 때

올해 읽은 책 중에 최고야!

내가 추천한 책이
정말 좋았다고 말해줄 때

사고 싶었던 책을
깜짝 선물로 받을 때

책이 최고의 선물인 이유

모두에게는 각자에게 맞는 책이 있다.

책은 비싸지 않아서,
누구든 자신만의 컬렉션을 만들 수 있다.

책은 오랜 세월 살아남아,
다른 사람에게 전해지기도 한다.

인생 책을 만나는 건
평생을 함께할 친구를 만나는 것과 같다.

서점이 있는 곳

도심 상가

조용한, 외딴 지역

개조된 유서 깊은 건물

야외

책을 읽으면

하나의 몸으로 여러 삶을 살 수 있다.

실례합니다. 지난주에 여기서 주문한 책을 교환하고 싶은데요.
아, 주문하신 책 표지가 최근 영화 포스터로 바뀌었어요.
표지만 달라졌지 같은 책이에요.
아뇨...
절대 그렇지 않아요.

이제야 짬이 났네.
좋은 책으로 머리를 식힐 때야.

스트레스 해소에는 책만 한 게 없지.

야! 안 돼!
그놈이 거짓말하는 걸 왜 몰라?

으아악! 그래, 이 자식,
처음부터 의심스러웠어.
뭐 이런 나쁜 놈이 다 있나!

난 네가
쉬고 있는 줄 알았는데.

쉬고 있거든!

책은 순수한 기쁨을 준다.

책을 읽으면
인생이 재밌어진다.

하하! 너무 웃기잖아!

동시에 나를 슬프게 하고
펑펑 울게 만든다.

와, 이렇게 끝날 줄은
몰랐는데...

엄청난 여운을 남기고 떠난다.

괜찮아?

완전 끔찍한 꿈을 꿨어.
세상이 온통 깜깜하고,
차가웠어.

무서웠겠네.

응.

책이 존재하지 않는 세상에
갇혀 있었거든!

책덕후가 공포를 느낄 때

어쩌다 시간이 남았는데
읽을 책이 없을 때

책을 원작으로 만든 영화가
책에 대한 감상을 망쳐놓을 때

걸작을 읽은 후
다시는 똑같은 책을 만날 수 없겠다는
생각이 들 때

실수로 책을
망가뜨렸을 때

이런 부탁을 해올 때

슬픈 책을 읽을 땐
혼자 있는 게 좋아.

슬픈 책은
감정을 쏟아낼 수 있게 해줘.

내가 사랑하는 인물의
가혹한 운명을 마음껏 슬퍼할 수 있고,

헉,
그녀가 정말 죽었잖아!

눈물 없이 읽을 수 없는 결말이
남기는 후유증도 극복해야 하니까.

이대로 며칠
누워만 있을 거야!

그 여자가 스스로
목숨을 끊었다니 믿기지 않아.

나도.

매사에 야무지고
당찬 사람이었는데.

아무리 생각해도
이해가 안 가.

세상에, 누가 죽었는데?

앨리슨.

어떡해?
친구야? 아님 누구 가족이야?

이 책의 주인공이야.

이 영화 정말 재미있어.

반전이 진짜 충격적이야!

아, 나 무슨 이야기인지 알아.
책으로 읽었거든.

우와!
책으로도 만들어졌구나.
하긴 영화가 워낙 끝내주니까!

전자책 VS 종이책

전자책 리더기를 쓰면 공간이 많이 절약돼.
요만한 기기에 수백 권의 책이 다 들어가!

종이책이 많아지면
개인 도서관이 되지, 멋있지 않니?

전자책이 가격도 훨씬 싸고
고전은 무료도 많아!

난... 어... 책장 넘기는 소리를
좋아하거든!

전자책은 가지고 다니기도 편해.
특히 여행 다닐 때.

음... 근데 내 책 냄새 최고야.

...

그래, 내가 졌어.

SNS에 독후감을 올리고
해시태그로 작가를 언급한다.

그 작가가 내 게시물에
'좋아요'를 눌러준다.

이제 죽어도 여한이 없어!

쉽게 읽을 수 있는 책이 있고

끝까지 다 읽기 힘든 책도 있다.

인생을 바꾸는 책도 있다.

내가 뽑은 걸작선

빅토르 위고
레 미제라블

해리 포터와
마법사의 돌
J.K. 롤링

무라카미 하루키
노르웨이의 숲

콜레라
시대의 사랑
가브리엘 가르시아
마르케스

마거릿 애트우드
시녀
이야기

로알드 달
마틸다

새장에
갇힌 새가
왜 노래하는지
나는 아네
마야 안젤루

모리와 함께한
화요일
미치 앨봄

오만과
편 견
제인 오스틴

위대한 개츠비
F. 스콧
피츠제럴드

조디 피코
작지만
위대한
일들

유혹하는
글쓰기
스티븐 킹

연금술사
파울로 코엘료

천 개의
찬란한 태양
할레드 호세이니

토머스 하디
성난 군중으로부터
멀리

쥐
아트 슈피겔만

* F. 스콧 피츠제럴드, 『위대한 개츠비』. ** 존 스타인벡, 『에덴의 동쪽』. *** 윌리엄 셰익스피어, 『햄릿』.

내가 자서전을 쓴다면...

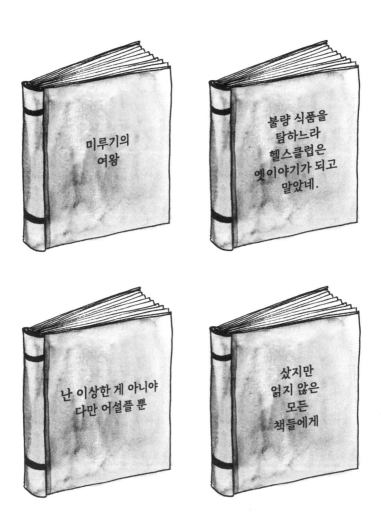

미루기의
여왕

불량 식품을
탐하느라
헬스클럽은
옛이야기가 되고
말았네.

난 이상한 게 아니야
다만 어설플 뿐

샀지만
읽지 않은
모든
책들에게

이 책 완전 좋아.
올해 읽은 책 중 최고야.

별 다섯 개 만점을 주겠어!!!

아, 그 책!
나도 읽었는데 진짜 별로더라, 그렇지?
완전 실망했지 뭐야.

괜찮아, 울지 마...

아직 반밖에 못 읽었는데.

이 책이 너무 궁금하단 말이지.

서문만 살짝 읽어보는 건
괜찮지 않을까?

＊ 결국 다 읽어버리다 ＊

내가 방금 무슨 짓을
한 거지?

와, 너 몰골이
말이 아닌데?

책 읽느라 밤을 꼬박 샜거든.

진짜 단 한숨도 못 잤어.

하지만 뿌듯해.

얘, 솔직히 말할게.
이렇게 집착하는 건 네 건강에도
좋지 않아.

책 때문에 끼니를 거르지 않나,
이젠 잠도 안 자다니!

나도 이런 말하기 싫지만...

책 중독이 점점 도를 넘어서는 것 같아!

딱 한 페이지만
더 읽을게...

책을 더 많이 읽고 싶을 때

어디를 가나 읽을 책을 챙기자.
언제든 짬이 나면 한두 페이지라도
읽을 수 있을 테니까.

재미없는 책은 과감하게 그만 덮자.
아직 읽지 않은 책이 얼마나 많은가.

미안해, 책아.
우리 여기서 헤어지자.

다 읽은 책의 리스트를 작성하자.
성취감을 느낄 수 있다.

올해 읽은 책

1. ...
2. ...
3. ...

매일 책 읽는 시간을 따로 마련하자.
몇 분이어도 좋다!

이제 갈까?

잠깐만.
아직 10분 더 남았어.

독서 클럽에 가입하자. 읽은 책을 여럿이 이야기하는 건 참 재미있는 일이다.

도서관에 더 자주 가자.
책을 읽기에 최고의 환경이며,
무료고, 재미없는 책을 덮어버려도
마음에 걸리지 않으니까.

오디오북을 듣자.
이동 시간을 알차게 보낼 수 있고,
지겨운 집안일도 즐겁게 해낼 수 있다.

제1장

읽고 있는 책을 끝내는 대로
읽을 수 있는 새 책을 준비해두자.
더 좋은 방법은, 다음에 읽을 책들을
넉넉히 쌓아두는 것이다!

아... 어떤 책부터 읽으면 좋을까?

내가 오래된 책을 사랑하는 이유

오래전에 잊힌 채
누군가 다시 발견해주기를 기다리는 책들이 많다.

이 책은 절판됐다가
몇 년 전에 한정판으로 나왔어요!

어딜 가도 찾아볼 수 없는
유일무이한 책을 발견할 수도 있다.

책등이 갈라지고 책장이 너덜너덜한 책은
그 자체로 예전에 사랑받았고 세심히 읽혔음을 보여준다.

헌책을 읽다 보면 마음이 끌리는 메모를 발견하기도 한다.
누구의 책이었을까. 그 생각만으로도 책이 신비롭게 다가온다.

으... 나 완전 거지야.

신간

으... 나 완전 대박 거지야.

가격 스티커

짜악!

스티커 자국

책을 활용하는 몇 가지 방법

장식

문진

애착 담요

길 가다 모르는 사람에게
붙잡힐 가능성을 미연에 방지해준다.

사람들이 나의 독서를 방해할 때

어머!
내릴 정류장을 지나쳤어!

늦을지도 몰라!

뭐, 어쩔 수 없지.

'hemlock'이 뭐지?

일종의 '독초'야.

우와. 별걸 다 아네!

아, 책에서 읽은 거야!

도서관은 나에게 두 번째 집이다.

책을 사랑하는 마음은...

정말 전염성이 강하다.

무엇이든 읽는다.

어떤 책이든.

잡지

언제,

어디서나.

도서관의 여러 유형

국립도서관

이동도서관

전자책 도서관

전화 부스 도서관

도서관

안녕하세요.
이만큼 대여할게요.

음... 회원님은
대여 한도가 초과됐다고 뜨네요.

죄송하지만 오늘은 딱 한 권만
대여하실 수 있어요.

헉!

하하하 하하
하하하
하하 하하하 하하
하하 하하
하하하

어머... 미안...

도서관

책 반납하러 왔어요.

네.

잠깐만 서점에 들러도 될까?

좋아.

서점
영업 중

이거 좀 전에 도서관에 반납한 책 아니야?

응. 맞아.

너무 좋아서, 소장하려고.

내가 책을 분류하는 방법

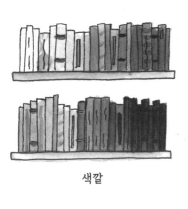

색깔

장르

크기

감정

아무렇게나 쌓아두기

독서 슬럼프를 극복하는 방법

잠시 독서를 그만두고 다른 활동으로
기분 전환을 한다.

이 책을 학창 시절 때
처음 읽었는데...

오래전 좋아했던 책을 읽는다.
아주 어렸을 때여도 괜찮다.

얇고 쉬운 책을 읽다 보면
보통의 독서 습관을 되찾을 수 있다.

읽을 책들

독서 목표를 세우고
실현 가능한 것부터 시작한다.

책과 사랑에 빠지는 몇 가지 방법

인터넷으로 책 리뷰나 책 구매 영상을 본다.
사람들이 책 이야기하는 것을 보다 보면
자연스럽게 다음에 읽을 책을 정할 수 있다.

책을 다루는 SNS를 팔로우한다.
아름다운 책 표지를 보는 것은
늘 기분 좋은 일이다.

저자의 북 토크쇼에 참석한다.
새로운 의욕을 얻을 수 있다.

나만의 아늑한 독서 공간을 만든다.
외부 세계와 단절되는 공간이어야 한다.

최상의 독서 자세를 찾는 방법

책덕후의 피트니스

팔굽혀펴기

런지

마운틴 클라이머

러닝머신

오버헤드 프레스

레그 레이즈

양쪽으로 몸 꼬기

벽에 등 대고 앉기

책덕후를 발견하는 방법

틈만 나면 책을 읽는다.

적어도 책 한두 권은
넉넉히 들어가는 가방을 들고 다닌다.

밥 먹는 시간이
곧 책 읽는 시간이다.

서점을 지나칠 때면 고개를 돌려
쇼윈도를 바라본다.

걸으면서 책을 읽다
가로등과 부딪힌다.

동네 도서관 사서가
이름을 기억한다.

서점만 보면
자석처럼 끌려간다.

잠깐 구경만 한다더니
책을 한 아름 사서 돌아온다.

책 샀어?

응!

전에 이 책 읽는 거 본 것 같은데?
같은 책을 왜 두 권이나 산 거야?

신판이 나왔는데 표지가 예뻐서.

취미가 뭐야?

독서를 좋아해.

도서관에서 노는 것도 좋아하고,
서점에 가서 신간들 둘러보는 것도
좋아해.

인터넷으로 책 추천사와
서평 읽는 것도 좋아해.

그러니까...
책과 관련된 건 다 좋아한다는 소리네.

바로 그거지!

이런 질문을 받을 때 내가 생각하는 건...

제일 좋아하는 책이 뭐야?

제일 좋아하는 책? 하나만 고르라고?
오케이... 지금까지 내가 재미있게 읽었던
책들을 떠올려보자...

하나만 고르라고? 그건 말도 안 돼.
일단 다섯 권으로 줄여보는 건 어떨까?

아, 잠깐... 옛날 옛적에 읽은 책 중에도
좋아하는 게 얼마나 많은데...
그 책들도 포함해야 하지 않겠어?

망했다.
아무래도 열 권으로 늘려야겠어.

아, 아... 나 포기할래...!

왔구나! 파티는 즐거웠어?

응, 끝내줬어!
짬이 생겨서 책을 읽었거든!

나는 힘들 때
책 덕분에 버틸 수 있었다.

지루할 때도,

도움이 필요할 때도,

날 이해해주는 사람이 없다는 생각이
들 때에도 책은 늘 내 곁에 있었다.

한번 독자는

아동 도서

영원한 독자다.

나의 성취도

집안일

25%

운동

50%

마감 지키기

75%

앉은 자리에서 책 한 권 다 읽기

100%

세상 그 무엇도

이 행복과
비교되지 않는다.

책을 펼치고
앉은 자리에서

끝까지
다 읽는 것.

하루 종일 이렇게
앉아 있었던 거야?

내가 책을 놔두는 곳

책장

커피 테이블

침대

소파의 여유 공간 전부

내가 책갈피로 사용하는 것들

옛날에 받은 영수증

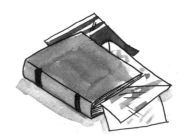

전단지

펜

옷에 붙은 태그

전자책 리더기

다른 사람의 손

아... 벌써 마지막 장이야.
너무너무 재미있는 책이었어.

이제 다 읽었으니까
현실로 돌아갈 시간이네.

다양한 독서 스타일

속독

정독

다독

숙독

모든 날이
책 읽기 좋은 날이다.

핫!

무슨 일이야?

지금 본문에 책 제목이 나왔어!

미래의 아이에게 지어주고 싶은 이름 있어?

아, 당연하지!
아들이면 '애티커스'라 지을 거야!

딸이면 '헤르미온느'!

개 이름은 '말리'!

죄다 책에 나오는 이름들 아냐?

용과 친구가 된다면 스마우그...
아니면 샤피도 좋겠다...

있잖아,
우리가 친구로 지낸 지도
참 오래됐어.

그래서 말인데, 이제 다음 단계로
나가도 될 것 같아.

그만큼 널
신뢰한다는 거야, 알겠지?
그러니까 내 마음을 아프게 하면
안 돼!

자, 내 책 빌리는 거 허락해줄게.

안 돼!

안 돼!! 이럴 수는 없어!

- 서점 -

그동안 사...해주셔...사합니다

힘내...

내가 여기서 쌓은 추억이
얼마나 많은데.

서점

- 서점 -
그동안
사랑해주셔서
감사합니다.

내가 요즘 읽는 책의 배경이
용과 마법사들의 세계거든!

모험도 많이 하고,
미지의 세계도 여행하고!

그런데 허트포드셔의 대저택에 사는
부유한 귀족 다아시 씨가...

아, 잠깐만... 그건 다른 책이지.

설마, 이번에도 책 두 권을 동시에
읽고 있는 거야?

방 청소 좀 해야겠다.

어머, 나 이 책 기억나!

하하!
지금 봐도 너무 웃기고 재밌다!

한 시간 뒤...

아, 이 부분이 진짜
대박이지!

책을 펼치면

다른 사람의 세계로
들어가는 창문이 열린다.

그리고 황홀한 마법의 세계가
눈앞에 펼쳐진다.

어디에도 책만 한 세상은 없다.

Book Love

— The end —

지은이 _ 데비 텅 Debbie Tung

데비 텅은 영국 버밍엄에 사는 만화가이자 일러스트레이터다.
'Where's My Bubble (wheresmybubble.tumblr.com)'을 운영하며
소소한 일상, 책, 홍차에 관한 만화를 연재한다.

지은 책으로는 『딱 하나만 선택하라면, 책』,
『소란스러운 세상 속 혼자를 위한 책』이 있으며
《허핑턴포스트》, 《보어드팬더》, 《9GAG》, 《펄프태스틱》, 《굿리즈》등에
작품을 기고한다.

옮긴이 _ 최세희

대학에서 영문과를 전공한 후 문화콘텐츠 기획,
라디오방송 원고를 쓰며 출판 번역을 해오고 있다.
『렛미인』, 『예감은 틀리지 않는다』, 『사랑은 그렇게 끝나지 않는다』,
『사색의 부서』, 『에마』, 『깡패단의 방문』, 『킵』,
『인비저블 서커스』, 『맨해튼 비치』, 『우리가 볼 수 없는 모든 빛』등을
우리말로 옮겼으며 공저에 『이수정 이다혜의 범죄 영화 프로파일』이 있다.

딱 하나만 선택하라면, 책

펴낸날 초판 1쇄 2021년 1월 30일 **초판 2쇄** 2021년 2월 28일

지은이 데비 텅 **옮긴이** 최세희

펴낸이 이주애, 홍영완

편집 김애리, 양혜영, 문주영, 최혜리, 박효주, 백은영, 장종철, 오경은

디자인 기조숙, 박아형, 김주연

마케팅 김태윤, 김소연, 박진희

경영지원 박소현

펴낸곳 (주)윌북 **출판등록** 제2006-000017호 **주소** 10881 경기도 파주시 회동길 337-20

전자우편 willbooks@naver.com **전화** 031-955-3777 **팩스** 031-955-3778

블로그 blog.naver.com/willbooks **포스트** post.naver.com/willbooks

페이스북 @willbooks **트위터** @onwillbooks **인스타그램** @willbooks_pub

ISBN 979-11-5581-336-2 (03800)